Monika Büchel (Hrsg.)

Große Freude

und andere Geschichten zu Weihnachten

bibellesebund | hänssler

© Copyright 2005 by
Bibellesebund Verlag, Marienheide / Winterthur und
Hänssler Verlag, Holzgerlingen

Umschlaggestaltung, Grafik und Layout:
Georg Design, Münster
Druck: Druckhaus Gummersbach

Printed in Germany

ISBN 3-87982-268-9 (Bibellesebund Verlag)
Best.-Nr. 5178 (Bibellesebund Verlag)
www.bibellesebund.de
info@bibellesebund.de

ISBN 3-7751-4329-7 (Hänssler Verlag)
Best.-Nr. 394.329 (Hänssler Verlag)
www.haenssler.de
info@haenssler.de

Vorwort

Wohl kaum eine Geschichte ist so bekannt wie die von Weihnachten: „Es begab sich aber zu der Zeit ..." Eine alte Geschichte der Bibel, die man gern vorliest und nacherzählt. Aber sie ist weit mehr als nur eine Geschichte. Sie ist ein Tatsachenbericht, denn an Weihnachten feiern wir die Geburt von Jesus Christus. Was dies einzelnen Menschen ganz persönlich bedeutet, davon handeln die Erzählungen in diesem Band:

Macht hoch die Tür	5
Große Freude	11
Die „Versuchung"	17
Wo ist Risto?	25
Der mitleidige Dieb	35
Das Märchen vom kleinen Licht	50
Eine leere Krippe	57

Nach einer Erzählung von Werner Krause
Macht hoch die Tür

Es war im Jahr 1623 in Königsberg. In dieser Stadt war Georg Weissel Pfarrer.

Es war eine schwierige Zeit: Krieg, Hunger, Seuchen waren nicht spurlos an der Bevölkerung vorübergegangen.

Wohlstand fand man vor allem noch in den Häusern der alteingesessenen Königsberger Kaufleute, aber auch im Haus des Fisch- und Getreidehändlers Sturgis. Er gehörte nicht zu den angesehenen Patriziern, sondern war vielmehr ein Emporkömmling, der mit kaufmännischem Fingerspitzengefühl und zähem Fleiß zu Wohlstand und Reichtum gekommen war.

Zwar hatte man ihm einen Bauplatz im vornehmen Patrizierviertel versagt, doch hielt sein neu erbautes, großes Haus am Rossgärtner Markt jedem Vergleich stand.

Nur eines ärgerte den Besitzer: Wenig entfernt von seinem Grundstück lag ein Armen- und Siechenheim, und dicht bei seinem Gartenzaun verlief der schmale Fußweg, den die Armenhäusler benutzten, wenn sie Besorgungen in der Stadt machen oder am Sonntag den Gottesdienst besuchen wollten.

Zwar belästigten sie den Kaufmann nie, aber Sturgis ärgerte sich über den Anblick der armseligen Gestalten und beschloss, Abhilfe zu schaffen.

Spitzfindig wie er war, kaufte er die lange, breite Wiese, über die der Pfad führte, und legte einen herrlichen Park an. Er umgab ihn mit einem Zaun, schloss ihn nach außen durch ein prächtiges Tor und auf der Rückseite durch eine kleine verriegelte Pforte ab. Nun war den Armenhäuslern der Weg versperrt, und der Umweg zur Stadt war für die meisten von ihnen zu weit und zu beschwerlich.

So klagten sie Pfarrer Weissel ihr Leid und baten um Rat und Hilfe. Sollte es Gott nicht möglich sein, dass der reiche Mann das Tor seines Herzens öffnete, damit die Barmherzigkeit Einzug halten konnte? War es nicht so, dass Sturgis' Name in Sammellisten in der Regel hinter hohen Summen zu finden war, und dass er sich besonders freigebig zeigte, wenn Spenden und Betrag öffentlich bekannt gegeben wurden? Auch hatte er stets eine großzügige Hand, wenn in der Adventszeit der Chor vor den Häusern der Wohltäter und Spender seine Lieder erklingen ließ.

Doch in diesem Jahr war es anders. Das verschlossene Tor war Grund für die abweisende Haltung, mit der man Sturgis gegenüberstand. Man wollte dieses Jahr nicht vor dem Haus des Getreidehändlers singen.

Weissel aber gab zu bedenken: „Ich meine, wir würden Advent und Weihnachten nicht richtig feiern können, wenn wir den reichen Mann ausschlössen. Unser Erlöser geht auch an keinem Haus und keinem Herzen vorüber! Wollen wir ihm nachfolgen oder nicht?"

Der Chorleiter, ein junger Student, wurde nachdenklich. Aber würden sich die Chormitglieder überreden lassen? Schließlich einigte man sich auf einen Kompromiss, und Weissel selbst würde die Sänger begleiten.

Doch welches Lied sollte bei Sturgis erklingen? Da zog Weissel die Schublade seines Tisches auf und entnahm ihr ein Blatt, dicht beschrieben mit Versen. Schweigend und sichtlich ergriffen las der junge Student die Verse:

„Macht hoch die Tür, die Tor macht weit, es kommt der Herr der Herrlichkeit ..."

„Wundervoll", rief er schließlich mit Begeisterung aus. Dieses Lied sollte in dieser Adventszeit zum ersten Mal erklingen, freilich zunächst nach einer provisorischen Melodie. Später würde sich sicher ein Komponist finden, der eine gute Melodie schaffen würde.

Doch wie war es zu diesem Lied gekommen? Während der junge Gast noch einmal die Worte überflog, erzählte Weissel:

Es war während des starken Sturms, der vor kurzem – von der Küste kommend – über das Land hinweggefegt und viel Schnee mit sich gebracht hatte. Weissel hatte in der Nähe des Doms zu tun. Der Wind peitschte ihm ins Gesicht und wollte ihm fast den Atem rauben. Er strebte dem Dom zu, um dort unter dem hohen Portal Schutz zu finden. Die Augen fest auf die Tür geheftet, erreichte er die breite Treppe. In diesem Augenblick öffnete sich das Portal weit und der freundliche Glöckner machte mit einer leichten Verbeugung eine einladende Geste:

„Willkommen im Haus des Herrn. Hier ist jeder in gleicher Weise willkommen, ob Patrizier oder Tagelöhner. Das Tor des Königs aller Könige steht jedem offen."

Weissel schüttelte den Schnee vom Mantel und klopfte dem Glöckner auf die Schulter. „Eben hat er mir eine ausgezeichnete Predigt gehalten."

Bis sich das Unwetter gelegt hatte, war in ihm das Lied entstanden, das nun vor seinem jungen Besucher lag.

„Macht hoch die Tür, die Tor macht weit, es kommt der Herr der Herrlichkeit ..."

Am Nachmittag des vierten Advents versammelten sich die Alten und Siechen zur Weihnachtsfeier der Kirchengemeinde, die auch in diesem Jahr wieder durch die Spenden der reichen Handelsherren ermöglicht worden war.

Hinterher sollte der Chor noch die Wohltäter mit Weihnachtsliedern erfreuen, die bislang noch nicht besucht worden waren. So formierte sich ein seltsamer Zug, voraus Pfarrer Weissel, gefolgt von den Sängern, danach die Alten und die an Stöcken und Krücken humpelnden Siechen.

Sturgis saß währenddessen allein in seinem großen Zimmer. Der Tisch war festlich geschmückt und bedeckt mit den erlesensten Esswaren, wollte er doch durch seine Großzügigkeit die aufgebrachten Gemüter besänftigen.

Dort kamen sie: Pfarrer, Chor und dahinter die Alten. Entsetzt beobachtete Sturgis, wie der seltsame Zug an den weit geöffneten Türen seines Hauses vorüberzog. Wollte man ihn so kränken?

Doch nein, jetzt machten sie Halt, geradewegs vor dem prächtigen Tor seines Parks. Ob sie dort singen wollten? Zögernd verließ Sturgis das Haus und ging durch den Garten bis zu der kleinen Pforte, die in den Park führte, und öffnete sie.

Da begann Weissel seine Ansprache. Er sprach vom König aller Könige, der auch heute noch vor verschlossenen Herzenstüren wartet und Einlass begehrt, auch bei Kaufmann Sturgis. „Ich flehe Euch an", fuhr Weissel fort, „öffnet nicht nur dieses sichtbare Tor, sondern das Tor Eures Herzens und lasst den König ein, ehe es zu spät ist." Darauf wandte er sich um und wies auf die Schar der Alten, die ihnen gefolgt waren. In diesem Augenblick begann der Chor:

„Macht hoch die Tür, die Tor macht weit, es kommt der Herr der Herrlichkeit ..."

Sturgis schien es, als höre er einen Engelchor. Tief drangen die Worte in sein Herz ein. Langsam näherte er sich dem großen Tor, griff bei der zweiten Strophe mit zitternder Hand in die Tasche, holte den Schlüssel heraus und öffnete weit die schweren Eisenflügel.

Pfarrer Weissel trat ein, nach ihm der Chor und die Alten. Sie zogen singend durch den Park bis zu der kleinen Pforte.

Sturgis öffnete sie weit und verkündete, dass von nun an Tor und Tür geöffnet bleiben sollten, um dem König aller Könige Einlass zu gewähren. Darauf lud er alle in sein Haus ein, auch die Alten, deren Anblick er bisher kaum ertragen konnte. Er selbst aber hatte strahlende Augen wie ein Kind am Weihnachtsabend.

Dann saß er neben dem Pfarrer und bat ihn, die Strophen des neuen Liedes als Erinnerung an diesen Tag in sein Gesangbuch einzuschreiben. Diese Bitte wurde ihm gerne gewährt, doch auch Weissel hatte einen Wunsch:

Er bat den Kaufmann, in diesem Lied die für ihn wichtigste Zeile zu unterstreichen. Der reiche Mann brauchte nicht lange zu überlegen. Ohne zu zögern ergriff er die Feder und unterstrich den ersten Satz der 5. Strophe:

„Komm, o mein Heiland, Jesu Christ, meins Herzens Tür dir offen ist."

Der Weg durch den Park aber wurde fortan der Advents- oder Weihnachtsweg genannt.

Susanne Hornfischer
Große Freude

Seit langem ist Sabine nicht in der Kirche gewesen. Aber jetzt, nach dem Bummel über den Weihnachtsmarkt, friert es sie durch und durch, und der Bus fährt erst in dreißig Minuten. So gibt sie sich einen Ruck, drückt auf die eiserne Klinke, die fast in Augenhöhe angebracht ist, und öffnet die schwere Holztür. Zögernd betritt sie das Foyer. Durch riesige Glaswände ist es vom Kirchenschiff abgetrennt. Eine umfangreiche Pinnwand mit Zetteln, Postern und kirchlichen Bekanntmachungen erweckt Sabines Aufmerksamkeit:

„Die schönsten Arien aus dem Weihnachtsoratorium am 3. Adventssonntag um 17 Uhr", liest sie auf einem großen Plakat. Ein kleineres, bescheiden anmutendes lädt ein zur „Christvesper mit unseren Jungscharkindern am Heiligabend um 16.30 Uhr".

Sabine späht verstohlen ins Kirchenschiff. Es scheint leer zu sein. Unerwartet leicht lässt sich die dicke Glastür nach außen aufziehen. Wärme strömt Sabine entgegen. Es riecht nach Tannen. Im schwach erleuchteten Chorraum erheben sich zwei riesige Christbäume, über und über mit Strohsternen geschmückt. Langsam und vorsichtig auftretend, um das Geräusch ihrer Stiefelabsätze zu dämpfen, geht Sabine den Mittelgang entlang nach vorn und bleibt vor den Stufen stehen, die zum Chorraum hinaufführen. Auf dem spiegelglatten Steinboden vor dem Altar liegen bemalte Pappen und einige aufgeschichtete Holzscheite.

Sabine geht einige Schritte zurück, schiebt sich seitlich in eine Bankreihe und setzt sich. Die Stille ist ungewohnt, aber Sabine empfindet sie als wohltuend. Nur wenige Meter vom geschäftigen, lauten Markttreiben entfernt ist sie hier in einer anderen Welt.

Einige flackernde Kerzen auf den Altarstufen ziehen Sabines Blicke auf sich. Ihre Gedanken beginnen zu wandern. Ihre Hochzeit, die Taufen und Konfirmationen der Kinder: Alles hatte hier in dieser Kirche stattgefunden. Wie oft hatte sie den Segenszuspruch der Pfarrer entgegengenommen und auch im Alltag ganz bewusst mit Gottes Wirken gerechnet. Wie viel Segen hatte sie auch wirklich im Lauf ihres Lebens erfahren. Segen: Gutes aus Gottes Hand und aus Menschenhand. Manchmal auch Schweres, aber immer wieder viel Freude und Momente des Glücks. Bis zu dem Tag, an dem sie den Brief auf ihrem Kopfkissen fand. „Es tut mir Leid. Ich habe eine andere Frau lieb gewonnen. Verzeih mir bitte!", stand da in der Handschrift ihres Mannes. Sabines Welt war zusammengebrochen – und ihr Glaube dazu.

Seit Jahren lebte sie nun schon mit den Kindern allein. Die wurden langsam flügge und zumindest die Großen brauchten sie nur noch wenig.

Hoffentlich bleiben sie wenigstens Heiligabend zu Hause, denkt Sabine und hat doch in Wirklichkeit keine Hoffnung. Die beiden Ältesten würden wohl gleich nach der Bescherung verschwinden und mit

Freunden feiern. Und die Kleine sollte sowieso schon nachmittags von ihrem Vater abgeholt werden und die Weihnachtstage bei dessen neuer Familie verleben. Traurige, einsame Festtage werde ich in diesem Jahr haben, denkt Sabine und gibt sich gleich darauf einen Ruck: Dieses schreckliche Selbstmitleid!

Im gleichen Moment ist es auch mit der äußeren Stille vorbei. Die Tür der Sakristei wird aufgerissen und eine lärmende Schar von Jungen und Mädchen stürmt in den Altarraum.

„Macht doch nicht solchen Krach, Kinder!" Die Stimme gehört einer jungen Frau, die als Letzte herein kommt. Mit großen Schritten durcheilt sie den Altarraum, überwindet flink die drei Stufen nach unten und wirft ihren Mantel über die Banklehne der ersten Reihe. Gerade will sie sich setzen, als sie Sabine bemerkt, die zwei Reihen weiter hinten sitzt. Sabine steht schnell auf und ruft der jungen Frau zu: „Ich geh schon. Ich will Sie nicht stören."

„Nein, nein! Sie stören doch nicht. Bleiben Sie ruhig hier!" Die Frau macht eine beschwichtigende Handbewegung. Sabine nickt und nimmt wieder Platz. Sie wirft einen Blick auf die Uhr: Sie kann noch eine Viertelstunde bleiben.

„Seid ihr so weit?" Die junge Frau wendet sich den Kindern zu. „Wir proben noch mal die Szene auf dem Feld. Stellt die Pappschafe auf und geht auf eure Plätze! Markus, knips bitte die beiden Taschenlampen unter dem Holz an. – Ja, so sieht es einigermaßen nach Lagerfeuer aus. Also, fangt an!"

Die Kinder sind mit alten Pelzmänteln und löchrigen Felljacken, Schlapphüten und langen Stöcken ausstaffiert. Unverkennbar sind hier Hirten versammelt, Hirten auf den Feldern von Bethlehem.

Der größte von ihnen, ein blonder Junge mit Lockenkopf, beginnt: „Brüder, es ist kalt geworden. Kommt, rückt näher ans Feuer und wärmt euch!" Unter Gemurmel schlurfen die Hirten von den Seiten näher an das Lampen-Lagerfeuer heran. Zwei kauern sich nieder und reiben ihre Hände vor den „Flammen".

Plötzlich wirft ein Scheinwerfer grelles Licht in ihre Mitte. Für kurze Zeit sind die Hirten geblendet und weichen erschrocken einige Schritte zurück. Schreckensrufe werden laut: „Was ist das? – Herr, hilf!" Auch Sabine muss kurz die Augen schließen. Als sie sie wieder öffnet, sieht sie von einer Seite des Altarraums einen als Engel verkleideten Jungen auf die Hirten zugehen. Mit klarer Stimme beginnt er zu sprechen: „Habt keine Angst, ihr Hirten! Der Höchste hat mich zu euch geschickt. Ich bringe euch ...!" Er gerät ins Stocken. „Ich bringe euch ...!" Auch ein verzweifelter Blick an die Decke hilft ihm nicht weiter. Die anderen Kinder stöhnen und verdrehen die Augen.

„Scheinwerfer aus!" Die junge Frau ist hastig aufgesprungen. Sabine hört Ärger in ihrer Stimme. „Freude! Ich bringe euch Freude!" Wir haben das doch schon so oft geübt. Ich versteh einfach nicht, dass du an dieser Stelle immer nicht weiterweißt. Versuch's noch mal, Christian. Und denk an die Freude! Konzentrier dich auf die Freude!"

Sabine hört nicht mehr zu, als die Kinder weiterproben. Sie bekommt nicht mit, dass der Engel seinen Text schließlich ohne Schwierigkeiten spricht und die Probe auch sonst reibungslos verläuft. Der letzte Satz der jungen Frau hat Sabine tief getroffen: „Konzentrier dich auf die Freude!"

Sabine hat den starken Eindruck, dass Gott dadurch direkt zu ihr gesprochen hat. Auf was habe ich mich in den letzten Jahren konzentriert? Ständig bin ich um meine Sorgen und Ängste gekreist. Dabei sollte ich die Freude fest im Auge behalten, die der Engel damals den Hirten angekündigt hat. Die Hauptsache festhalten: die Freude über die Geburt des Retters der Welt. Jesus ist in eine kaputte, dunkle Welt gekommen, um die Menschen der Finsternis zu entreißen und sie heil zu machen. So kommt er auch noch heute zu den Menschen, die sich auf ihn einlassen. Und er bringt Freude mit. Ich habe zugelassen, dass mein Leben sich verfinsterte, weil ich Jesus ausgesperrt habe. Ich war von ihm enttäuscht und drehte ihm den Rücken zu. Dabei hätte ich ihn gerade in der schwersten Zeit gebraucht. Ich hab mich all die Jahre selbst um die Quelle des Trostes, der Kraft und der Freude gebracht. Dabei hatte ich es doch vorher so oft geübt, diese Quelle anzuzapfen ... Bietet mein verschmähter Herr mir hier neu die Freude an? Seine Freude?

Der freundliche Gruß: „Auf Wiedersehn, und ein gesegnetes Fest!" reißt Sabine aus ihren Gedanken. Sie blickt hoch und sieht die junge Frau vor sich stehen, die sich mit diesen Worten von ihr verabschiedet.

„Danke, gleichfalls!", erwidert Sabine. „Und vielen Dank auch für Ihre Worte." – „Meine Worte? Was meinen Sie?" Die junge Frau zieht die Stirn in Falten.

„Das mit der Konzentration auf die Freude", antwortet Sabine. „Ach so! Na, das war eigentlich nicht so schön, dass ich da die Geduld verloren habe. Aber wir haben diese Stelle schon so oft …"

„Nein, nein!", fällt ihr Sabine ins Wort. „Das mussten Sie wohl sagen. Das war für mich sehr wichtig. Und deshalb habe ich mich dafür bedankt. Bitte sagen Sie auch Christian einen Gruß und Dank von mir."

Der Bus ist längst weg, als Sabine endlich die Kirche verlässt. Sie muss auf den nächsten warten. Aber das stört sie nicht. Auch nicht die schneidende Kälte und der beginnende Schneefall. Sie ist wieder auf den Zug aufgesprungen, den sie lange für abgefahren gehalten hat.

Abdruck mit freundlicher Genehmigung der Autorin

Nach einer Erzählung von R. Sprung
Die „Versuchung"

Es war im Winter 1946, am ersten Advent. Meine Frau hatte unseren letzten Damastbezug mit zwei Kopfkissen bei einer Fahrt aufs Land eingetauscht. Ein Pfund Mehl, ein viertel Liter Öl und eine Hand voll Zucker waren davon noch übrig. Sie hatte mir nichts davon gesagt. Es sollte eine Überraschung werden. Und es wurde eine. Allerdings anders, als wir es uns beide gedacht hatten. Ich wog damals ganze 104 Pfund und litt beständig an einem nagenden Hungergefühl.

Am Abend vor dem ersten Advent sagte meine Frau beim Schlafengehen: „Morgen backe ich einen Kuchen." Sie lachte dabei, und ich dachte, sie scherzte nur. Aber in der Nacht träumte ich vom Kuchen. Als ich am Morgen erwachte, war das Bett neben mir leer und – die ganze Wohnung roch nach frisch gebackenem Kuchen. Ich lief zur Küche hinüber. Da stand das Wunderwerk auf dem Tisch, braun und knusprig, und meine Frau stand daneben und lachte übers ganze Gesicht. Wenn es nach mir gegangen wäre, hätte ich mich sogleich hingesetzt und den Kuchen angeschnitten. Aber davon wollte sie nichts wissen. Frauen haben vom Feiern so ihre eigenen Vorstellungen. Nachmittags wollte sie den Tisch mit Tannengrün schmücken, die erste Kerze anzünden, das gute Geschirr aus dem Schrank nehmen und schwarzen Tee kochen, den sie ebenfalls eingehandelt hatte. Und dazu sollte es den Kuchen geben. Zum Frühstück gab es Maisbrot mit Rübenmarmelade und schwarzer Kaffeebrühe. Danach zogen wir unsere Mäntel an und gingen zum Gottesdienst. Vor der Kirchentür trafen wir mit den Müllers zusammen. Wir hatten die Müllers im vergangenen Winter in der Bibelstunde kennen gelernt und sie seitdem nur einige Male von weitem gesehen. Eine flüchtige, oberflächliche Bekanntschaft. Sie hatten nie besonders gut ausgesehen, aber an jenem Morgen glichen sie, blass und abgemagert, Schwindsüchtigen im letzten Stadium. Der Hunger schien ihnen übel mitgespielt zu haben. Wahrscheinlich ging meiner Frau der Anblick der beiden Elendsgestalten ebenso zu Herzen wie mir, denn sie sagte sogleich, kaum dass wir uns die Hände geschüttelt hatten: „Besuchen Sie uns einmal. Aber recht bald. Sie würden uns eine große Freude damit machen." Die Augen in Frau Müllers magerem Gesicht begannen zu strahlen, und Herr Müller lächelte. Sie nahmen die Einladung dankend an.

Während der Predigt wurden meine Gedanken mit magnetischer Kraft zum Kuchen gezogen. Hunger ist wie eine Krankheit. Ich versuchte, mich zu konzentrieren, aber ich kam einfach nicht vom Kuchen los.

Zu Mittag gab es Kartoffelsuppe: rohe Kartoffeln in kochendes Wasser gerieben. Der zweite Gang bestand aus einem Klecks „weißer Taube" – mit Wasser angerührtem Magermilchquark und einer aufgelösten Süßstofftablette darüber. Nach dem Essen sagte meine Frau, ich solle mich ein Stündchen hinlegen. Sie wolle inzwischen die Stube ein wenig herrichten und mich rufen, sobald alles fertig sei.

Endlich war es dann so weit. Die Stube roch nach Kerzen und Tannengrün. Das gute Geschirr stand auf dem blütenweißen Damasttuch und der Tee kochend heiß unter der Haube. Meine Frau nahm das Messer, um den Kuchen anzuschneiden – da schrillte die Klingel. Wir saßen sekundenlang erstarrt. Dann, als es zum zweiten Mal klingelte, erhob sich meine Frau, schlich auf Zehenspitzen zur Tür und warf einen verstohlenen Blick durch den Spion.

„Die Müllers", sagte sie erbleichend, „hätten wir doch heute Morgen ..." – „Vielleicht gehen sie wieder weg", gab ich zu bedenken, obwohl ich nicht daran glaubte. Beim dritten Klingelton schlich ich auf Strümpfen zur Tür. „Sie sind nicht zu Hause", hörte ich Frau Müller sagen. Ihre Stimme klang so enttäuscht, dass es mir ins Herz schnitt. Ich hielt den Atem an. Die Stimme erstickte in leisem Schluchzen. „Nun wein' doch nicht, Lottchen", versuchte Herr Müller zu trösten, „vielleicht wird noch alles gut." Ein kurzes Schneuzen, dann erleichtert: „Du hast Recht. Wir wollen noch etwas warten. Wenn sie weggegangen sind, werden sie sicher bald zurückkommen."

Ich spürte das Blut vom Hals herauf ins Gesicht steigen. Ich schämte mich vor mir selbst. Aber ich war viel zu gierig, um auch nur die Möglichkeit zu erwägen, den Kuchen mit den beiden Ärmsten zu teilen. Ich schlich ins Zimmer zurück und sagte ratlos zu meiner Frau: „Sie gehen nicht weg. Was sollen wir denn jetzt tun?"

In diesem Augenblick drang von draußen Frau Müllers Stimme in freudiger Erregung: „Du, da hat sich drinnen was bewegt."

Jetzt war Eile geboten. „Schnell, schieb den Kuchen unters Sofa", sagte meine Frau. Mit raschem Handgriff beförderte sie Messer und Kuchenteller in den Schrank. Dann ging sie hinaus, um zu öffnen. Ich heftete mich an ihre Fersen. Die Freude der Müllers war rührend.

„Entschuldigen Sie bitte, dass wir Sie warten ließen", sagte meine Frau. „Wir hatten uns nach dem Mittagessen etwas hingelegt." Die beiden entschuldigten sich wortreich über die Störung. Alles wäre gut gegangen, wenn sie nur ihren Spitz nicht mitgebracht hätten. Pfeilgeschwind schoss das kleine Ungeheuer durch meine Beine hindurch, über die Türschwelle in Richtung Sofa. Ich bekam ihn eben noch am Halsband zu fassen. Er gebärdete sich wie toll. Erst als Herr Müller ihn auf den Arm nahm, wurde er langsam wieder normal, ohne jedoch das penetrante Schnuppern einzustellen. Er hielt die kleine Schnauze steil in die Luft gestreckt und schnupperte mit aufreizender Nervosität. Inzwischen hatten die Müllers abgelegt. „Wir haben den Tee gleich zu Mittag mitgekocht, um Kohle zu sparen", sagte meine Frau. „Unser Gasherd ist nämlich kaputt." So reihte sich Lüge an Lüge. Eine gebar die nächste.

Der Tee wurde eingegossen und in jede Tasse eine Süßstofftablette gelegt, die auf der Oberfläche eine weiße Schaumkrone bildete. Man setzte sich. Ich sah gerade noch die gespannte Erwartung in Frau Müllers kleinem, verhungertem Gesicht einer fassungslosen Enttäuschung weichen, nahm ihre krampfhafte Bemühung wahr, die Tränen zurückzuhalten und sich nichts anmerken zu lassen, dann war es mit meiner Ruhe vorbei.

Herr Müller hatte den Spitz wieder auf den Fußboden gesetzt, und damit nahm das Unheil seinen Lauf. Ich hatte mich in weiser Voraussicht auf das kurze Sofa gesetzt, dessen Seitenteile zehn Zentimeter über dem Boden endeten. Der Hund schob seine Schnauze schnuppernd unter den schmalen Schlitz, und als er das Aussichtslose seiner Bemühungen einsah, ging er zum frontalen Angriff über. Er kroch unter den Tisch und versuchte, an meinen Beinen vorbeizukommen. Er benahm sich wie besessen, quietschte, jaulte, fauchte und knurrte, während er mit aller Kraft versuchte, meine Beine beiseite zu schieben. Das Müllersche Ehepaar, von dem Benehmen ihres Hundes peinlich berührt, entschuldigte sich vielmals und beteuerte wie aus einem Munde, dass der Spitz sonst eigentlich immer recht brav wäre, während meine Stirn sich fühlbar mit kaltem Schweiß bedeckte. Ich verwünschte den Kuchen, aber die Szene musste zu Ende gespielt werden.

Die Konversation, von der allseitigen Enttäuschung gehemmt, schleppte sich träge dahin. Die Kinder hätten sie daheim gelassen, sagte Frau Müller, sie seien schon die dritte Woche erkältet. Kein Wunder bei den fehlenden Kohlen und der ungenügenden

Ernährung. Ja, und den Spitz hätten sie auch schon längst abgeschafft, aber die Kinder hingen so an ihm, und sie hätten doch sonst weiter nichts, keinen Schlitten, kein Spielzeug. So teilten sie und ihr Mann immer ihr Essen mit ihm ... Dabei stand in ihren Augen die stumme Frage, ob wir nicht vielleicht was für ihn übrig hätten, eine kalte Pellkartoffel oder gar einen Knochen.

Währenddessen brachte sich der Spitz unter dem Tisch bald um. Ich versuchte durch allerhand Manöver, ihn von seinem Vorhaben abzubringen, schmeichelte ihm mit zärtlichen Ausdrücken, ohne Erfolg. Und während meine Beine akrobatische Kunststücke vollführten, schimpfte ich in Gedanken, auch das sei zu meiner Schande gesagt, in einer Art, die mir unter normalen Umständen nicht einmal im Traum eingefallen wäre. Elende Töle, knirschte ich, du altes verbiestertes Vieh.

„Ist Ihnen nicht gut?", fragte Herr Müller teilnehmend. „Das Kreuz", erwiderte ich, „wir müssen anderes Wetter bekommen. Seit dem Krieg habe ich es mit dem Ischias." Und das war die dritte Lüge an diesem Tag.

Und dann war plötzlich alles aus. Ich bekam einen Krampf in beiden Unterschenkeln und spürte den Schmerz bis ins Kreuz hinauf. Vor meinen Augen tanzten feurige Kreise. Ich war am Ende meiner Kraft. Ich war vollkommen fertig. Wir waren erledigt. Aber daran dachte ich nur den Bruchteil einer Sekunde. Ich war an dem Punkt angelangt, wo einem alles gleichgültig wird. Mit letzter Kraft bückte ich mich, zog den Kuchen unterm Sofa hervor und stellte ihn auf den Tisch.

„Wir haben einen Kuchen gebacken", sagte ich mit matter Stimme, ohne die Augen zu heben, „und wir haben ihn vor euch versteckt, weil wir ihn allein essen wollten!"

Ich ließ den Kopf auf den Tisch fallen und heulte. Ich kann mich nicht erinnern, als erwachsener Mensch jemals geweint zu haben, obwohl der Krieg genügend Anlass dazu geboten hätte. Aber dies hier war etwas anderes. Hier stand meine Habgier, hartherzige Gier, gegen Hunger, Hoffnung und gläubiges Vertrauen in den christlichen Bruder.

Als ich mich gefasst hatte und den Kopf hob, bemerkte ich, dass die anderen drei ebenfalls verweinte Augen hatten. Die schmächtige Frau Müller schluckte tapfer die Tränen hinunter und durchbrach als Erste den Bann des Schweigens: „Ich weiß, wie Hunger wehtut", sagte sie schlicht, „ich hätte es wahrscheinlich genauso gemacht." Und plötzlich begannen wir zu lachen, ganz grundlos, mehr aus Verlegenheit, aber es wurde ein befreiendes, frohes Lachen.

Sie wollten aufbrechen, aber davon konnte nun keine Rede mehr sein. Wir schickten Herrn Müller nach Hause, um die Kinder zu holen. Indessen plünderten wir drei Schränke und Keller und beförderten verborgene Schätze zu Tage: ein Glas Apfelmus, eine Flasche Johannisbeersaft und eine große Tüte Zwieback. Als dann alle um den Tisch versammelt saßen, wurde unter dem Hallo der Kinder der Kuchen angeschnitten. Und – das Wunder geschah – ich verspürte bereits nach dem zweiten Stück ein lang entbehrtes Gefühl der Sättigung. Alle wurden satt. Sogar der Spitz bekam sein Teil. Als der Tisch abgeräumt war, zündeten wir die Kerze auf dem Adventskranz an und sangen Adventslieder. Es wurde ein gemütlicher Abend.

Als meine Frau gerade dabei war, Wasser für die Kartoffelsuppe zum Abendbrot anzusetzen, klingelte es. Draußen stand unsere Flurnachbarin. „Sie haben mir vor ein paar Wochen ausgeholfen, als ich die Lebensmittelkarte von meinem Mann verloren hatte", sagte sie. „Heute hat uns ein Freund meines Mannes besucht und eine Menge mitgebracht." Damit überreichte sie meiner Frau einen Laib Brot, ein Stück Speck und ein Glas Sirup. Das wurde ein Festmahl. Wir haben zur Feier des Tages alle vier Kerzen bis zum Grund abgebrannt.

Es war der schönste Advent meines Lebens und der Beginn einer noch heute währenden Freundschaft. So ist am Ende alles in Ordnung gekommen und das anfängliche Missgeschick meiner Frau und mir später zum Segen geworden. Aber ein Stachel ist geblieben. Bis zum heutigen Tag. Uns beiden zur Lehre. Ich denke täglich daran, wenn ich mich zu Tisch setze.

Nach einer Erzählung von Gerbrand Fenijn
Wo ist Risto?

„Kommt jetzt endlich zu Tisch", fordert die Mutter nun bereits zum dritten Mal auf, „es ist höchste Zeit. Risto findet den Weg nach Hause auch allein." – „Risto ist alt ...", seufzt Opa, „der Hund wäre normalerweise schon lange zurück." – „Er hat die Jungen einfach verpasst", beruhigt ihn sein Schwiegersohn, während er die Kerzen anzündet. „Sicher hören wir ihn gleich an der Hintertür kratzen." Opa und Mirja setzen sich wortlos an den Tisch. Ihre Gedanken sind weit weg.

„Wir müssen bald los", treibt Mutter sie zur Eile an, „ich möchte rechtzeitig in der Kirche sein, weil ich heute im Gottesdienst Orgel spiele, und wir wissen nicht, wie gut der Weg befahrbar ist." Draußen heult der Wind. Letztes Jahr waren sie mit dem Fahrzeug fast nicht durchgekommen.

„Gehst du mit zur Kirche, Opa?", fragt Mirja nun zögernd. Schon seit vielen Jahren ist er nicht mehr mitgegangen. „Ich – zur Kirche?", empört sich der Großvater. „Was habe ich dort verloren?" Vorsichtig hakt die Mutter nach: „Das wäre doch eine gute Idee. Und es hat genug Platz im Auto." – „Nein", erwidert der alte Mann laut und bestimmt, „ich gehöre da nicht hin, und ihr wisst das ganz genau!"

Am Tisch wird es still. Nur der Wind pfeift ums Haus und lässt die Holzbalken knarren und krachen. Opa rührt schweigend in seinem Tee. Er kann an nichts anderes denken als an Risto, seinen Hund. „Dass das Tier nicht kommt", seufzt er laut, „irgendetwas muss ihm zugestoßen sein." – „Risto kam schon öfter spät nach Hause", beschwichtigt ihn die Mutter, „nun iss erst einmal etwas." Doch Großvater hat keinen Hunger. „Mir bleibt jeder Bissen im Hals stecken", wehrt er sich, „ich kann kein Fest feiern, solange Risto nicht da ist!" Er steht auf und geht zum Fenster. Draußen wird es langsam dunkel.

Eine halbe Stunde später sitzen Vater, Mutter und die Jungen warm angezogen im Auto. Sie winken, bis das Gefährt in der Ferne verschwunden ist. Wie gern wäre Mirja mit zur Weihnachtsfeier gegangen! Aber sie war kürzlich krank und darf noch nicht in die Kälte hinaus. Zusammen mit Tante Lisa und Opa hütet sie das Haus. Sie ist mit Lisa in der Küche und mahlt Nüsse für den Kuchen, während Opa weiterhin am Fenster steht und Ausschau nach Risto hält.

Nach einer Weile hält er es nicht mehr aus. Vorsichtig wirft er einen Blick in die Küche, bevor er in Richtung Tür geht. Wenn Mirja ihn sähe, würde sie sicher mitkommen wollen. Schnell schlüpft er in den langen Pelzmantel und zieht die Mütze weit über die Ohren. Mit der Sturmlaterne in der Hand geht er ins Freie. Der Sturm bläst ihm entgegen und scheint ihn wie mit unsichtbarer Hand zurück ins Haus schieben zu wollen. Er stolpert, aber durch nichts würde er sich von seinem Plan abhalten lassen. Nein, nie!

Er stemmt sich gegen den Wind und geht in den Sturm hinein. In kürzester Zeit ist sein Mantel schneebedeckt. Nach einer Weile erreicht er den Hauptweg, der über den Hügel zur alten Eiche führt. Dort wartet Risto so gern auf Mirjas Brüder, wenn sie von der Schule kommen. Doch wie lang scheint die Strecke bei diesem Wetter! Der alte Mann kämpft sich weiter. Früher bin ich doppelt so schnell gegangen, denkt er.

Da taucht die krumme Eiche auf. Wenn Risto nur hier wäre! Doch tief im Herzen ist dem verzweifelten Mann klar, dass das Tier hier niemals so lange ausharren würde. „Risto!", schallt seine Stimme durch die Nacht. „Risto!" Nur die Zweige bewegen sich im Wind. Er hält die Laterne hoch und verlässt den Weg. Ziellos geht er in den Wald hinein, warum und wohin weiß er selbst nicht. „Ristoooo!" Bis an die Knie sinkt er im Schnee ein.

Plötzlich steht er still. War da nicht ein Geräusch? Voll Hoffnung hält er inne und lauscht. Ja! Tief aus dem Unterholz dringt schwach das Winseln eines Tieres. So schnell er kann, stolpert Großvater vorwärts, bückt sich und kriecht unter den tief hängenden Ästen hindurch. Schneemassen fallen herunter, doch er nimmt sie nicht wahr. Immer weiter sucht er, starrt mit zugekniffenen Augen ins Dunkel. Dort, auf der Lichtung, bewegt sich etwas Schwarzes. „Oh, Risto!" Opa beugt sich nach vorn. Liebevoll streicheln seine Hände das eiskalte Tier.

„Was ist denn los, alter Junge?", fragt Großvater tröstend, bis er die Falle entdeckt, in die Risto getreten war. Stundenlang hatte der Hund mit Schmerzen und in der Kälte hier gelegen. So schnell er kann, öffnet

Großvater die Falle. Ristos Pfote ist schwer verletzt, sodass dem alten Mann nichts übrig bleibt, als das Tier auf die Schulter zu nehmen. Mit seiner Last schlurft er nur langsam und keuchend den Hang zum Weg hinauf. Das Vorwärtskommen wird auch nicht einfacher, als er den Hauptweg erreicht.

Auf den holprigen Steinen glitzern tausend Sternchen; sie sind spiegelglatt. Plötzlich hält Großvater erschrocken an – wer geht denn da vorne in der Dunkelheit? Ein kleiner Mensch in einem dicken Pelzmäntelchen nähert sich. „Mirja! Was machst du hier?", ruft er böse. „Ich ... ich bin dir hinterhergegangen." – „Woher wusstest du, dass ich fort bin?" Mirja senkt den Kopf. „Als du die Haustür geöffnet hast, blies der Wind durchs ganze Haus." Ein Hustenanfall unterbricht sie. „Ich hatte so eine Angst, dass dir etwas passiert!"

Bei diesen Worten wird Opa ganz warm ums Herz. „Nun ja", brummelt er etwas freundlicher, „wenn du nun schon mal hier bist, will ich nicht mehr böse sein. Wir müssen aber noch ein weites Stück gehen." Besorgt schaut er den Weg entlang. Er weiß, dass er die ganze Strecke mit dem Hund auf der Schulter nicht schaffen wird. Und auch Mirja fröstelt bereits: „Mir ist so kalt, und ich bin müde!" Was soll er tun? „Komm, Mirja", winkt er, „wir gehen ins Dorf. Der Weg nach Hause ist zu weit. Halte dich gut an meinem Mantel fest!", ermutigt er das kleine Mädchen. Mühsam kommen sie vorwärts, während das Unwetter immer stärker tobt.

Manchmal verlagert Opa den Hund auf seiner Schulter. „Opa, du bist jetzt wie der Gute Hirte", sagt Mirja, „so wie der Gute Hirte sein Schäfchen gefunden hat, so hast du Risto gefunden." Der Großvater muss trotz aller Anstrengung lachen: „Was für ein komischer Vergleich. Ich bin nur ein alter Brummbär." Weiter geht es durch den Schnee. Plötzlich rutscht Großvaters Fuß weg. Er kann sich gerade noch abfangen. Bestürzt gesteht er sich ein, dass seine Kräfte am Ende sind. Auf einmal wird ihm deutlich, dass sie das Dorf nicht erreichen werden.

„Opa, Opa", ruft Mirja aufgeregt und zupft ihn am Ärmel, „da hinten kommt ein Auto!" Der alte Mann traut seinen Augen kaum. Tatsächlich! Langsam und schaukelnd kommt das Fahrzeug näher, bis es neben den beiden anhält. „Was machen Sie denn hier bei dem Wetter?", fragt der Fahrer, während er die Tür öffnet. „Steigen Sie nur schnell hinten ein", fordert sie der Beifahrer auf, „das Mädchen fällt ja vor Schwäche fast in Ohnmacht!" Das muss er nicht zweimal sagen. Wenig später sitzen die zwei auf dem Rücksitz mit Risto auf dem Schoss. „Sie können von Glück sagen, dass die Hauptstraße eingeschneit ist", sagt der Fahrer, „wir konnten das Dorf nur noch über diesen Pfad erreichen." – „Sie kamen wie gerufen", nickt Opa, „wie gut, dass wir mitfahren können. Sie haben uns das Leben gerettet."

Der Beifahrer, ein junger Mann mit schwarzem Bart, wendet sich an Großvater: „Haben Sie sich verirrt?" – "Nein", erwidert der alte Mann, "ich habe mir große Sorgen gemacht, weil mein Hund Risto so lange von zu Hause weggeblieben ist." – "Und deshalb haben Sie diesen ‚Ausflug' unternommen?", wundert sich der Fahrer. "Ja, ich musste gehen. Wie kann ich denn ein Fest feiern, während mein Hund vielleicht in Gefahr ist? Ich habe keinen Bissen runtergekriegt! Sie verstehen sicher, wie froh ich jetzt bin, dass es nicht umsonst gewesen ist. Nach langem Suchen habe ich Risto gefunden. Er war mit einer Pfote in eine Falle geraten."

"Und das Mädchen ist mitgegangen?", will der junge Mann wissen. "Nein, sie ist heimlich hinter mir hergeschlichen, weil sie Angst hatte, dass mir etwas zustoßen könnte." – "Sehr lieb von ihr", meint der Fahrer, "aber was wäre passiert, wenn wir nicht diesen Weg gefahren wären?" – "Tja", gibt der Alte zu, "das weiß ich nicht, und ich mag gar nicht daran denken."

Das Auto schaukelt und holpert über den einsamen Weg. Im Dorf angekommen, scheint warm das Licht durch die Fenster der Häuser. Nie schien es Großvater herrlicher, wieder unter Menschen zu sein.

"Wir sind auf dem Weg zum Gottesdienst", sagt der junge Beifahrer, der Lindenblad heißt. "Gehen Sie mit? Der Hausmeister könnte Ristos Pfote verbinden." – "Ja, Opa", ruft Mirja mit strahlendem Gesicht, "nun gehen wir beide doch noch zur Weihnachtsfeier!" Aber Großvater wehrt ab: "Nein, nein! Das ist nicht nötig. Lassen Sie mich bitte in der Hauptstraße raus. Dort wohnt ein Freund von mir." – "Wie Sie wollen", erwidert Lindenblad, „es war nur ein Vorschlag, um Ihnen zu helfen." – „Oh, das verstehe ich schon", erwidert Großvater etwas beschämt, „aber nehmen Sie doch meine Enkelin mit. Ihre Eltern sind nämlich bereits dort!" – „Schade, Opa, dass du nicht mitgehst", bedauert Mirja, „dann hörst du gar nicht, wie schön Mama auf der Orgel spielen kann." Aber der alte Mann lässt sich nicht überzeugen. „Geh du ruhig hin, sing mit und genieß das Kerzenlicht."

Einige Minuten später steigt er aus, und das Auto fährt weiter. Opas Freund freut sich über den unerwarteten Besuch und verbindet schnell Ristos Pfote. Nun liegt das Tier erschöpft am warmen Ofen, wo es bald einschläft. Dankbar und erleichtert streichelt Großvater immer wieder Ristos Kopf. Wäre er nicht losgegangen, um Risto zu suchen, dann hätten sie den Hund eines Tages erfroren im Wald gefunden.

Nach einer Tasse starkem Kaffee beginnen die Männer eine Partie Schach. Aber Großvater ist nicht so recht bei der Sache. „Mirja war so enttäuscht, als sie hörte, dass ich nicht mitgehen wollte. Ich will sie überraschen." – „Geh nur", meint sein Freund, „Risto schläft hier gut." Opa nickt und geht zur Tür hinaus.

Mit unsicheren Schritten stapft er zur Kirche. Dort hat bereits der zweite Teil der Feier begonnen. Durch den Hintereingang tritt er so leise wie möglich ein. „Gut, dass die Lampen gelöscht sind, so kann mich niemand sehen", denkt er bei sich. Der alte Mann späht über die vielen Köpfe hinweg. Ah – dort sitzt

Mirja. Von weitem erkennt er sie an ihren blonden Locken. Neben ihr ist noch ein Platz frei. Am liebsten würde er direkt dorthin gehen. Aber dann würde man ihn entdecken. Nein, das will er nicht. Wer erwartet schon den ungläubigen und gleichgültigen Juho Pohjola in der Kirche?

So setzt er sich auf einen Stuhl, der im Dunkeln am Eingang steht, und hört zu, wie die Menschen singen. Das gefällt Großvater, er liebt Musik. Vor allem hört er der Orgel zu, die von seiner Tochter gespielt wird. Wie gut sie das macht!

Dann wird es still, und ein junger Mann mit schwarzem Bart stellt sich hinter das Rednerpult. Dem Großvater stockt der Atem. Das ist doch der Beifahrer aus dem Auto, Herr Lindenblad! Als der Mann mit der Predigt beginnt, schämt sich Opa noch mehr, dass er ihm gegenüber so schroff gewesen ist. Herr Lindenblad schaut ruhig umher. „Ja, liebe Gemeinde", sagt er lächelnd, „nun steht plötzlich ein fremder Mann vor euch. Da euer Pastor erkrankt ist, hat er mich gebeten, ihn zu vertreten. Nur – die Sache hat einen Haken – ich hatte keine Zeit, mich vorzubereiten.

Aber Gott hat eingegriffen und mir eine Weihnachtsgeschichte geschenkt. Auf dem Weg hierher haben mein Freund und ich einen alten Herrn mit seiner Enkelin mitgenommen. Er hat uns eine Weihnachtsgeschichte erzählt. Nicht mit vielen Worten, aber durch das, was er getan hat. Als wir ihm begegneten, kämpfte er sich gerade im heftigen Schneesturm auf der Straße vorwärts. Auf seiner Schulter trug er seinen alten Hund Risto, den er aus einer Falle befreit hatte. ‚Was machen Sie denn hier in dieser Kälte?', fragten wir ihn. Und wissen Sie, was er antwortete? Er sagte: ‚Mein Hund war weggelaufen, und ich habe mir solche Sorgen gemacht, dass ich keinen Bissen mehr runterbrachte. Wie kann ich Weihnachten feiern, wenn mein Hund irgendwo umherirrt?'

Liebe Väter und Mütter, liebe Jungen und Mädchen, ist das nicht eine Weihnachtsgeschichte? Wie ihr wisst, lebt Jesus, der Sohn Gottes, im Himmelreich, dort, wo es in Ewigkeit gut und friedvoll zugeht. Jeder Tag dort ist wie ein Fest. Aber der Herr Jesus dachte an all die Menschen auf der Erde, die im Dunkeln leben, weil sie sich von Gott losgesagt haben. Mit ihnen würde es böse enden, wenn er nicht hinginge, um sie von ihrer Schuld zu erretten. Jesus konnte das Festmahl nicht genießen, ebenso wenig wie der alte Herr, solange Risto nicht daheim war. Nein, der Herr Jesus Christus verließ den Himmel, um als kleines Menschenkind geboren zu werden und später am Kreuz für uns zu sterben. So sehr hat er uns geliebt!

Der Herr, der mit uns fuhr, wollte nicht mit in den Gottesdienst. Unterwegs ist er mit Risto ausgestiegen. Vielleicht meinte er, dass er nicht gut genug sei. Wie schade, dass er nicht weiß, dass der Gute Hirte, Jesus Christus, ihn mehr liebt als er seinen Hund."

Großvater beugt seinen Kopf. Wie eigenartig. Mirja sagte doch vorher auch schon, dass er wie der Gute Hirte sei. Sollte es doch wahr sein, dass Jesus ihn immer noch lieb hatte? Seitdem er einen schlimmen Fehler begangen hatte, besuchte er nie mehr einen Gottesdienst. Nie mehr hatte er mit ruhigem Gewissen an Gott denken können. All die Jahre hatte er sich eingeredet: Gott will mich nicht mehr. Eines Tages kommt er und wird mich bestrafen! Und jetzt sagte Herr Lindenblad etwas ganz anderes. „Jesus will meine Schuld vergeben. Ich darf ganz von vorn beginnen."

Opa seufzt tief. Er denkt daran, wie er im Wald laut „Risto!" gerufen hat, und es ist ihm, als ob jetzt eine andere Stimme laut ruft: „Juho Pohjola! Juho Pohjola! Wann kommst du nach Hause? Ich habe dich nicht vergessen!" Der alte Mann schaut nach vorn, wo Hunderte von Kerzen brennen. Eine wunderbare Wärme strömt in ihn, als ob all die Kerzen in seinem Herzen schienen. Jetzt weiß er es: Jesus liebt ihn immer noch. All die Jahre ist der Gute Hirte hinter ihm hergegangen, um ihn nach Hause zu bringen. Aber er war taub für seine Stimme. Nun will er sich befreien lassen von der Sünde, wie er Risto aus der eisernen Falle befreit hat, und die letzten Jahre seines Lebens diesem Guten Hirten folgen.

Langsam steht er auf und geht nach vorne. Was macht es, wenn die anderen schauen? Lass sie nur denken! Jesus selbst hat ihn eingeladen, und so geht er.

Ursula Imhof
Der mitleidige Dieb

„Ein Einbruch in der Weihnachtsnacht? Also nee, weißt du, das krieg ich nun aber doch nicht fertig", ruft Kalle entrüstet aus. „Nee, ganz bestimmt, da mach ich nicht mit!"

„Aber Kalle, überleg doch mal", kontert Toni geschickt. „Gerade in der Weihnachtsnacht – da lohnt sich ein Bruch besonders. Am Heiligen Abend beschenken sich die Leute. Und weil heutzutage doch jeder alles Notwendige sowieso schon hat, sind das meistens reine Luxusartikel. Schmuck, Pelze, Bargeld haufenweise."

„Ach, ich weiß nicht." Kalle wirkt schon etwas unsicherer. „Ich habe da so meine Skrupel – von wegen Weihnachtsgeschenke klauen und so ... Und das ausgerechnet in der Heiligen Nacht. Irgendwie finde ich das ... ja, ich finde das geschmacklos!"

„Geschmacklos! Mensch, Kalle, nun sei mal nicht sentimental! Das können wir uns in unserem Beruf nicht leisten." Toni wird allmählich ungeduldig. „Weihnachten ist doch nun wirklich nichts Besonderes, wenigstens nicht für uns. Es ist ein Tag wie jeder andere auch. Im Gegenteil! Für unsere Arbeit ist er noch viel günstiger als andere Tage. Die Leute haben gut gegessen und getrunken, viel mehr als den meisten gut tut. Sie gehen spät ins Bett und schlafen tief und fest nach ihrer Völlerei. Wir suchen uns natürlich nur Häuser mit Schlafräumen in den oberen Etagen, damit wir in aller Ruhe unten in den komfortablen Wohnzimmern die noch komfortableren Geschenke einpacken können. Und dann – wir gehen erst ganz spät in der Nacht; fast schon am Morgen, wenn sie alle weinselig oder vielmehr champagnerselig in ihren Betten liegen und vom Weihnachtsmann träumen. Viele sind überhaupt nicht zu Hause, sondern verbringen die Feiertage bei Verwandten oder Freunden. Da gehen wir gar kein Risiko ein. Wir nehmen einfach mit, was uns gefällt. Basta! Es trifft doch keine Armen. Die sind doch alle gut betucht und außerdem noch versichert."

„Nun ja – vielleicht doch nicht so schlecht, der Gedanke." Kalle seufzt tief. Er spürt, dass er allmählich weich wird, fast schon zum Mitmachen bereit.

„Trotzdem", wendet er noch einmal halbherzig ein, „wenn ich an die Weihnachtsfeste in meiner Kindheit denke ..., so mit Krippe und Tannenbaum und Weihnachtsgeschichte, dann habe ich schon jetzt ein schlechtes Gewissen. Anscheinend habe ich einmal an all das geglaubt, an das Jesuskind im Stall von Bethlehem, das so arm war ... Na ja, diese ganz alte Geschichte. Wir waren arm, es gab nicht viel bei uns zu Hause. Aber es war immer schön bei uns, besonders zu Weihnachen. Meine Eltern haben sich immer so viel Mühe gegeben, uns trotz der Armut Freude zu bereiten. Und wie habe ich mich gefreut, selbst über das kleinste Geschenk! Wäre damals einer gekommen und hätte mir das geklaut – ich weiß nicht, was ich getan hätte.

Ach, ich glaube, ich kann das einfach nicht! Außerdem – ich wollte dir sowieso sagen, dass ich aufhöre. Du weißt schon, mit dem Klauen und Einbrechen. Ich werde allmählich zu alt dafür, und ich will mein Leben nicht im Knast beenden. Wenn wir erwischt werden, dann ..."

„Kalle, nur noch dieses eine Mal! Dann hast du für 'ne ganz schön lange Zeit vorgesorgt. Was verdienst du schon mit deinem popeligen Job! Die paar Pfennige reichen doch hinten und vorn nicht!", unterbricht ihn Toni. Er spürt genau, dass Kalle nicht mehr lange widerstehen kann. „Warte mal, ich hab da eine prima Idee", begeistert er sich. „Wir verkleiden uns ganz einfach. Na, du weißt schon, so mit rotem Kapuzenmantel und weißem Rauschebart. Wenn uns dann zufälligerweise doch jemand sehen sollte, sind wir eben verspätete Weihnachtsmänner, die ihre Geschenke ausliefern. Das ist doch ein Heidenspaß!"

Er kichert bei diesem Gedanken in sich hinein. „Dass wir genau das Gegenteil machen, nämlich die Geschenke wieder einsammeln, darauf kommt so schnell niemand."

„Also gut", seufzt Kalle, „wenn du meinst, dass es so einfach ist, mache ich mit. Aber ich habe kein gutes Gefühl dabei."

Ein paar Tage später ist es so weit. Der Heilige Abend steht auf dem Kalender. In der Zwischenzeit haben sie sich als „Arbeitsplatz" einen ruhigen Vorort ausgesucht, in dem zwar gut situierte, aber nicht direkt reiche Leute wohnen. Bei den wirklich Reichen ist es zu schwierig und riskant, überhaupt erst in die Häuser einzudringen. Supermoderne Alarmanlagen, Videokameras, raffinierte Türschlösser, die selbst dem geübten Toni Kopfzerbrechen bereiten ...

Es ist wirklich nicht leicht, an das Geld der Reichen zu kommen! Aber der Mittelstand – das ist die Schicht, die Toni und Kalle bevorzugen. Dort gibt es gute, gediegene Ware, die ihren Preis wert ist und die man auch gut an den Mann bringen kann. Keine kostbaren Einzelstücke, die später so gut wie unverkäuflich sind.

Sie gehen an die Arbeit. Vorsichtig wie immer. Im ersten Haus klappt alles wie am Schnürchen. Das solide, aber ziemlich einfache Türschloss widersteht den Werkzeugen der beiden Einbrecher in der Weihnachtsmannkleidung nicht lange.

„Spezialisten eben", grinst Toni und horcht in das ruhige Haus, dessen Bewohner in der oberen Etage in tiefem Schlaf liegen.

Fast geräuschlos schleichen sie im Schein ihrer Taschenlampen in das geräumige Wohnzimmer. Richtig, da steht der geschmückte Tannenbaum, jetzt natürlich ohne Kerzenlicht. Auf einem Tischchen daneben liegen Weihnachtsgeschenke – eine goldene Uhr, eine schimmernde Perlenkette mit passenden Ohrringen, eine hochwertige Kamera mit Zubehör und noch einige andere Dinge, die ihr Herz erfreuen.

Toni schiebt seinen weißen Bart, der ihn doch ganz schön behindert, etwas zur Seite und pfeift leise durch die Zähne. Er öffnet den Sack, den er als Weihnachtsmann bei sich hat, und legt alles fein säuberlich hinein. Kalle hat unterdessen die Schubladen eines Schrankes untersucht und einen Umschlag mit einem Bündel Geldscheine gefunden. Er nimmt sie heraus, legt einen der Scheine aber wieder zurück und flüstert: „Damit die Leute über die Feiertage nicht in Not geraten. Schließlich haben die Banken zu!" Dabei grinst er breit.

So leise, wie sie gekommen sind, verlassen sie das Haus. Anschließend besuchen sie die beiden nächsten Nachbarn, machen auch dort reiche Beute, ohne dass jemand sie bemerkt. Die größeren Stücke bringen sie gleich zu ihrem Wagen, der zwei Straßen weiter steht.

„Noch zwei oder drei solche Kunden", bemerkt Toni zufrieden, „dann machen wir Feierabend! Es hat sich wirklich gelohnt heute!"

„Ja", nickt Kalle und ist nun – ungeachtet seines schlechten Gewissens – froh, dass er auf seinen Kumpel gehört hat. Schließlich hat Toni ja Recht. Das bisschen Geld, das er verdient ... Vielleicht sollte er doch noch so hin und wieder ...?!

Im letzten Haus haben sie ein noch leichteres Spiel. Die Haustür ist nicht einmal verschlossen, sondern nur zugezogen – so als sei jemand nur mal eben kurz hinausgegangen.

„Komisch", flüstert Toni. „Wie unvorsichtig die Leute doch heutzutage sind." – Vorsichtig schleichen sie in das Innere des Hauses und lauschen. Alles still, kein verdächtiges Geräusch zu hören.

„Schlafen scheinbar alle", flüstert Kalle. „Die haben sicher ein bisschen viel getrunken und dann vergessen, die Tür abzuschließen."

Das Wohnzimmer haben sie schnell gefunden. Es ist schon von Vorteil, dass der Grundriss dieser Häuser überall gleich ist, zumindest erleichtert es ihre Arbeit ungemein.

Sie sind gerade dabei, im Licht ihrer Taschenlampen die Geschenke zu besichtigen, die unter dem Tannenbaum liegen, als eine helle Kinderstimme fragt: „Hat mein Papi euch geschickt? Und dann gleich zwei auf einmal?"

Erschreckt fahren Toni und Kalle hoch. Vor ihnen steht ein Knirps im Schlafanzug. Sieben, vielleicht acht Jahre mag er sein. Er sieht sie neugierig an.

„Ich muss schon sagen, da hat er sich aber was Schönes einfallen lassen! Find ich ganz prima von ihm", freut sich der Kleine. Die beiden Ganoven sehen das Kind schweigend an, wissen nicht, was sie sagen sollen.

„Nun ...", Kalle räuspert sich verlegen, „nun ja – du weißt ja, dass der Weihnachtsmann in der Heiligen Nacht kommt und seine Gaben ..."

„Geschenkt!", ruft der Junge aus. „Was denkt ihr, wie alt ich bin! Schon acht Jahre bin ich, und da soll ich noch an solche Märchen glauben? Ich weiß, dass ihr nur verkleidet seid und dass ihr einen bestimmten Grund habt, hierher zu kommen. Stimmt's?"

„Ohne Zweifel", murmelt Toni genervt. Wie kann dieses fremde Kind bloß wissen, was sie hier wollen?

„Was denkst du denn, warum wir hier sind?", fragt er deshalb vorsichtig und leuchtet mit seiner Taschenlampe in Richtung Eingangstür, um sicherzugehen, dass der Fluchtweg jederzeit offen ist.

„Natürlich hat euch mein Papi geschickt", erklärt der Kleine im Brustton der Überzeugung. „Bestimmt hat es ihm Leid getan, was heute Abend passiert ist. Und ... und ..., aber ich finde seine Idee einfach toll, zwei Weihnachtsmänner zu schicken. Das sieht ja auch viel mehr nach Wiedergutsein aus, als wenn er nur allein gekommen wäre. Wann kommt er denn? Ist er schon draußen? Soll ich die Mami holen?" – „Nein, bloß nicht! Sei leise, keiner darf uns sehen!" Kalle ist ganz aufgeregt.

„Ich verstehe", antwortet der Kleine, „wir müssen erst noch was erledigen. Und außerdem, so einfach ist das mit den Erwachsenen auch nicht. Das habe ich schon lange gemerkt. ‚Es braucht eben seine Zeit', sagt die Mami immer. Ich finde das schrecklich, dieses Zanken und Streiten! Und wir wissen gar nicht, warum. Wenn ich mich mit meiner Schwester zanke, vertragen wir uns gleich wieder oder wenigstens nur ein bisschen später. Warum können das die Erwachsenen nicht auch so machen?" Erwartungsvoll sieht er die beiden Einbrecher an.

„Komm, hauen wir ab", flüstert Toni Kalle zu. Der nickt. – „Ja! Tut mir Leid, das weiß ich auch nicht! Wir müssen jetzt gehen", sagt Kalle verwirrt und geht langsam auf die Tür zu.

„Nein, warte noch!" Der Junge hält ihn am Ärmel fest. „Was ist mit meiner Mami und mit meiner kleinen Schwester und mit mir? Kommt der Papi noch einmal zu uns? Oder kommt er nie wieder, wie er es gesagt hat?"

Im Schein seiner Taschenlampe kann Kalle sehen, dass Tränen über die runden Bäckchen des Kindes kullern. Nein, so kann Kalle unmöglich gehen! Gerade jetzt in seiner Not kann er dieses Kerlchen doch nicht allein lassen! Er fühlt Mitleid, fast so etwas wie ein Verantwortungsgefühl für den kleinen Jungen. Kalle kniet vor ihm nieder, um das Gesicht des fremden Kindes besser sehen zu können.

„Komm schon endlich!" Toni wird ungeduldig. Er steht bereits an der Tür. Doch Kalle lässt sich nicht beirren. „Wie heißt du?", fragt er das Kind. „Hat dir das mein Papi denn nicht gesagt? Jan – ich bin natürlich der Jan!", entgegnet der erstaunt. „Also, Jan, erzähl mir mal genau, was heute passiert ist."

Kalle ist selbst erschrocken über seine Unvorsichtigkeit. Er versucht, den Ton eines Weihnachtsmannes nachzuahmen – oder jedenfalls das, was er dafür hält.

„Also, das war so!", erzählt Jan. „Mein Papi wohnt schon ein paar Wochen nicht mehr bei uns, weil sich meine Eltern immer gezankt haben. Entweder haben sie sich angeschrien, oder sie haben kein Wort miteinander gesprochen. Es war ganz schlimm! Und die Mami hat oft geweint und Tanja und ich auch. Und dann ist unser Papi in eine andere Wohnung gezogen, weil er nachdenken will, hat er gesagt. Manchmal hat er mit uns telefoniert. Aber sogar am Telefon haben meine Eltern immer noch weitergestritten. Verstehst du das? Also, ich verstehe das gar nicht. Wenn Tanja und ich zanken, dann werden wir ausgeschimpft. Aber die Erwachsenen zanken sich noch viel schlimmer – und da schimpft niemand!

Jedenfalls war die Mami ganz nervös, gar nicht mehr so lieb wie früher. Und spielen wollte sie auch nicht mehr mit uns. Manchmal hat sie Pillen geschluckt, so kleine rosa Dinger. Zur Beruhigung, hat sie gesagt, und damit sie besser schlafen kann. Aber danach war sie immer ganz komisch, so, als wären wir gar nicht da.

Und als jetzt Weihnachten kam, haben Tanja und ich zum lieben Gott gebetet, dass er unseren Papi zurückbringt. Wir haben ihm gesagt, dass wir gar keine Geschenke wollen, auch nicht das klitzekleinste, nur das eine. Und der liebe Gott hat uns wirklich gehört. Der Papi hat angerufen und hat gesagt, dass er Weihnachten nach Hause kommt. Unsere Eltern haben uns versprochen, sich zu vertragen und überhaupt nicht zu zanken. Wir haben uns so doll gefreut auf diesen Abend, die Tanja und ich! Die Tanja ist ja noch so klein. Die ist erst fünf und versteht das alles noch nicht so gut wie ich. Ich habe ihr erklärt, dass wir ganz lieb sein müssen, gar keinen Ärger machen. Und das haben wir uns auch vorgenommen. Und dass wir kein dummes Gesicht machen, wenn wir keine Geschenke bekommen. Das Jesuskind im Stall hat ja auch keine Geschenke bekommen. Aber seine Eltern, beide, Vater und Mutter, die hat es gehabt.

Und dann, heute Mittag, ist der Papi gekommen und hat ganz viele Pakete mitgebracht. Er wollte heute Nacht hier bei uns bleiben und morgen auch und vielleicht auch übermorgen. Jedenfalls hat er das gesagt. Und dann haben wir zusammen gesungen und gefeiert und doch noch Geschenke bekommen – es war so schön wie früher.

Aber auf einmal haben sie angefangen zu streiten. Ich weiß gar nicht, warum! Sie wurden laut und böse. Die Tanja und ich, wir haben Angst bekommen und geweint, und da wurden sie noch böser und haben auch uns angeschrien. Und plötzlich hat der Papi gerufen, er würde nie wieder kommen, und ist einfach davongelaufen. Und die Mami hat furchtbar geweint und hat wieder ihre kleinen rosa Beruhigungspillen geschluckt. Dann ist sie einfach ins Schlafzimmer gegangen und hat sich eingeschlossen.

Ich habe die Tanja ins Bett gebracht und bin bei ihr geblieben, bis sie eingeschlafen war. Wir waren beide so traurig!

Aber ich konnte nicht schlafen und habe deshalb nachgedacht. Da ist mir eingefallen, dass wir etwas falsch gemacht haben. Wir hatten ja versprochen, dass wir keine Geschenke wollten, wenn der Papi dafür nach Hause kommt. Und jetzt haben wir sie doch genommen! Deshalb habe ich den lieben Gott gebeten, unserem Papi zu sagen, dass er die Geschenke wieder abholt und dass dafür der Papi bei uns bleibt. Hat er euch geschickt, um unsere Geschenke zu holen?" – „Ja ... nein ... Ich weiß nicht." Kalle ist restlos verwirrt. „Also", der Junge lässt nicht locker, „hier steht alles bereit. Meine und Tanjas Geschenke. Du brauchst sie nur einzupacken."

Kalle hat längst vergessen, warum er eigentlich hier ist. Er hat nicht einmal bemerkt, dass Toni gar nicht mehr da ist. Wahrscheinlich wartet er ungeduldig im Wagen auf ihn; bereit, jederzeit das Weite zu suchen.

„Also, glaubst du wirklich, dass dein Vater zurückkommt, wenn du diese Geschenke abgibst?", fragt er verwundert das Kind. „Ja, natürlich!" Jan ist ganz sicher. „Der liebe Gott kann doch alles. Er kann sogar böse Menschen gut machen. Da kann er doch auch machen, dass sich meine Eltern wieder ganz doll lieb haben. Du hast doch bestimmt auch eine Frau und Kinder, die du lieb hast. Oder?" – „Hm", Kalle weicht aus. Das ist so ein wunder Punkt in seinem Leben …

„Was machen wir denn nun bloß?" Kalle ist wirklich ratlos, will es aber vor dem Kind nicht eingestehen. Jan sieht ihn so voller Vertrauen an, dass er es nicht übers Herz bringt, ihn zu enttäuschen. „Ich weiß was!", sagt Jan eifrig. „Wenn wir beide jetzt zusammen zum lieben Gott beten, dann bringt er meinen Papi bestimmt schnell nach Haus. Wollen wir?"

Bevor Kalle in seiner Verwirrung eine Antwort finden kann, kniet der Kleine nieder und faltet die Hände. „Bitte, lieber Gott", betet er mit fester Stimme, „bring unseren Papi wieder nach Hause und lass unsere Eltern sich lieb haben. Wir geben dir alle unsere Geschenke für Kinder, die nichts bekommen haben.

Und wir wollen auch ganz lieb sein und unsere Eltern nicht mehr ärgern – und dich auch nicht. Amen."

Kalle rührt sich nicht. „Jetzt du", drängt Jan. Kalle schweigt weiter, der Angstschweiß bricht ihm aus. Seit seiner Kindheit hat er nicht mehr gebetet. Er weiß überhaupt nicht mehr, wie man das macht. „Du musst es laut sagen." Jan lässt nicht locker. „Du musst dem lieben Gott sagen, was wir uns wünschen, damit er es richtig weiß!" – „Bring Jans Vater zurück, bitte", stammelt Kalle unbeholfen, „und lass sie wieder eine Familie sein, die sich liebt und verträgt."

Eine seltsame Rührung ist in seinem Herzen. Etwas, das er schon lange nicht mehr gespürt hat. Er nimmt den kleinen Jungen in die Arme und drückt ihn einen Moment fest an sich – als wäre er sein Sohn.

Entschlossen fragt er dann: „Wo wohnt dein Vater? Ich werde zu ihm gehen. Aber du darfst es niemandem sagen, dass wir hier gewesen sind. Einverstanden?"

Jan nennt ihm die Adresse, und Kalle verabschiedet sich von dem Jungen wie von einem guten Bekannten. Er ist schon an der Haustür, als der Kleine angelaufen kommt. „Warte, du hast die Geschenke vergessen! Die musst du mitnehmen!" – „Das machst du am besten selbst", sagt Kalle noch immer mit diesem seltsamen Gefühl in sich. „Es gibt doch genug arme Kinder. Flüchtlinge und so. Denen kannst du damit bestimmt viel Freude machen."

Nur wenige Meter von Jans Elternhaus entfernt sieht er einen Mann, der mit raschen Schritten auf ihn zukommt, kurz stehen bleibt, ihn misstrauisch mustert und dann langsam und zögernd auf die Haustür zugeht.

Die Tür fliegt auf, und Jan steht freudestrahlend im Eingang. „Papi", jubelt er laut. „Du bist zurückgekommen. Ich habe es gewusst, dass du wiederkommst. Wir haben dafür gebetet." Der Mann nimmt den Jungen in die Arme, sieht noch einmal in Kalles Richtung und fragt: „Wollen Sie zu uns? Oder suchen Sie was?" – „Nein, nein! Es ist schon in Ordnung!", antwortet Kalle und entfernt sich eilig. Jan winkt ihm noch einmal nach, wie einem Verbündeten. „Suchen Sie was?", tönt es in Kalle. Ja, ganz sicher! Er sucht was. Sein ganzes Leben lang hat er was gesucht. Nur wie und wo er es finden kann, das weiß er nicht so genau.

Langsam geht er zu dem Wagen, in dem Toni noch immer auf ihn wartet. „Wo bleibst du denn? Bist du verrückt, dich auf ein Gespräch mit diesem Kind einzulassen? Man hätte uns erwischen können!" Toni ist wütend und aufgeregt, macht ihm Vorwürfe.

„Lass man, Toni", sagt Kalle plötzlich entschlossen. „Reg dich nicht auf. Ich mache nicht mehr mit! Ich will nicht mehr so weiterleben. Leb wohl, Toni! Ich werde dich nicht verraten, darauf kannst du dich verlassen! Aber ich möchte dich auch nicht mehr wiedersehn."

Er steigt aus dem Auto. Toni weiß nicht, was er davon halten soll, und rennt ihm nach. „Bist du nun total übergeschnappt?", ruft er atemlos, als er seinen Kumpel eingeholt hat.

„Er kann alles, hat der Kleine gesagt, sogar böse Menschen gut machen", murmelt Kalle gedankenverloren. „Er kann auch mich verändern ... vielleicht ... oder ganz bestimmt. Es wird höchste Zeit!" – „Aber wir müssen doch noch teilen!" Toni gibt nicht so schnell auf. Vielleicht kann er ja seinen Freund doch noch zurückhalten, weiter mit ihm „arbeiten". „Behalte das ganze Zeug! Ich will davon nichts haben!" Kalle läuft davon, ohne Toni weiter zu beachten.

In seinen Gedanken ist er noch immer bei Jan. Der Junge hat an etwas gerührt, was er längst vergessen glaubte. Er kennt sie noch, die Geschichten der Bibel. Da wurde oft von Wundern berichtet, die ihn als kleinen Jungen faszinierten. Wie gern hätte er damals selbst so ein Wunder erlebt! Und heute? Gerade jetzt, wo er schon seit Jahren nicht mehr an Wunder glaubt, da passiert etwas, was ihn ganz aus der Fassung bringt. Er hat mit einem kleinen Jungen zusammen gebetet; einfach so, nur wenige Worte, die aber tief aus ihren Herzen kamen. Und Gott, der für ihn so fern war, hat darauf gehört. War das nicht ein Wunder?

Warum das alles? Warum passiert das ausgerechnet ihm, dem Ganoven? Hat Gott ihn doch nicht vollständig abgeschrieben? Stimmt es wirklich, dass Gott böse Menschen gut machen kann, oder ist das die Fantasie eines Kindes?

„Wenn du wirklich Wunder tun kannst", flüstert er plötzlich in den beginnenden Morgen, „dann tue bitte auch noch ein Wunder an mir. Lass mich ein anderer

Mensch werden. Ich will mich ändern, aber allein kann ich es nicht schaffen. Hilf mir, bitte!"

Und in seinem Herzen ist plötzlich ein Friede, der mit der Unsicherheit seiner Zukunft und der Verlorenheit seines Lebens nicht in Einklang zu bringen ist. Aber dieser Friede ist da.

aus: „Mit dem Herzen sehen" von Ursula Imhof,
Brunnen Verlag Gießen
Abdruck mit freundlicher Genehmigung

Rose-Marie Scriba
Das Märchen vom kleinen Licht

Es war einmal ein kleines Licht. Es sah rot aus und dick, aber es war so kurz, dass es den Namen Kerzenstummel trug. Das Licht stand in der Abstellkammer und war traurig. „Schade, dass ich so klein bin", seufzte es. „Ich bin nur ein Stummelchen. Niemand braucht mich." In der Nacht, wenn alles schlief, träumte es. Dann wuchs es zu einer wunderschönen weißen Kerze heran, groß und schlank. Sie stand auf einem Tisch, der mit bunten Blumen geschmückt war, in einem silbernen Ständer, und alle bewunderten sie. Doch als das Licht erwachte, war es genauso klein und rot wie vorher, und die Spinnen hatten ihre Netze um seinen Leib geschlungen. „Ich werde mich auf die Wanderschaft machen", entschied das kleine Licht. „Ich werde andere Kerzen besuchen, die schöner sind als ich, und von ihnen lernen. Vielleicht können sie mir helfen."

Das war im Sommer. An einem warmen Abend erreichte das kleine Licht einen Teich. Am Ufer saßen Leute, plauderten und lachten. Alle schauten auf den Teich und riefen: „Wie schön!" Auch das kleine Licht sah dorthin und bemerkte, dass auf dem dunklen Wasser eine wunderbare Wasserrose schaukelte. Es schien keine gewöhnliche Blume zu sein, denn sie funkelte und warf Strahlen nach allen Seiten. „Oh", rief das kleine Licht, „wie machst du es, dass du so schön leuchtest?" – „Ich bin eine Kerze", antwortete die Wasserrose, „man hat mich angezündet." – „Ich bin auch eine Kerze", entgegnete Stummelchen erfreut, „lass mich zu dir kommen, damit ich von dir lerne." – „Kannst du schwimmen?", fragte die Wasserrose. Da schämte sich das kleine Licht und rief: „Nein, das schaffe ich nicht." – „Dann kannst du auch nicht zu mir kommen. Versuche schwimmen zu lernen. Es tut mir Leid."

Traurig ging Stummelchen weiter. Als der Morgen kam, erreichte es ein Haus. Vielleicht habe ich hier mehr Glück, dachte es. Flink schlüpfte es hinein und gelangte in die Wohnstube. Auf dem Tisch stand ein riesiger runder Schokoladenkuchen. Um ihn herum befand sich ein Kranz von frischen Blumen. Auch Geschenke lagen da, große und kleine. Das Schönste aber war ein Ständer mit drei bunten Kerzen. Sie brannten hell und festlich. „Wunderbar", sagte das kleine Licht. „Ich werde mich auf diesen prächtigen Tisch stellen. Das macht mir Spaß." Es hüpfte hinauf und platzierte sich ordentlich auf dem Ständer.

Da wurde die Tür aufgerissen. Ein kleiner Junge stürzte herein und schrie: „Ich hab Geburtstag, hurra, ich hab Geburtstag!" Mutter und Vater kamen auch und lachten übers ganze Gesicht. „Wie alt werde ich heute?", fragte das Kind. „Na, zähl mal die Kerzen", antwortete die Mutter. Sie hob den kleinen Mann in die Höhe. „Eins, zwei, drei ..." – „Was ist denn das?", fragte der Vater. „Da brennen ja vier Kerzen. Du konntest wohl nicht zählen, als du den Tisch zurechtgemacht hast." – „Vier?" – Mutter wurde ärgerlich und stellte das Kind auf den Boden. „Ich habe bestimmt nur drei Kerzen angezündet. Wie ist so etwas möglich?" Dem kleinen Licht wurde ganz bang ums Herz, es zitterte. Da hatte die Mutter es schon in der Hand. „Was machst du denn hier, du kleine dumme Kerze? Du bringst unsere Geburtstagsfeier durcheinander. Sebastian wird drei Jahre alt. Da gibt es nur drei Kerzen. Wir können dich nicht gebrauchen, geh lieber."

Traurig machte sich Stummelchen wieder auf den Weg. Es wäre so gern bei dem Geburtstagsfest dabei gewesen. Als es weiterging, kam es zu einem Friedhof. Mitten darauf stand eine Kapelle. Die Tür war geöffnet. Das kleine Licht huschte hinein und konnte zuerst gar nichts sehen, denn es war dämmrig im Raum. Draußen aber lachte die Sonne. Dann erblickte es in der Mitte, etwas erhöht, einen Sarg. Er war nicht geschlossen. Stummelchen ging auf Zehenspitzen näher und betrachtete den alten Mann, der mit gefalteten Händen darin lag.

„Er sieht sehr friedlich und schön aus", hauchte das kleine Licht. „Ich will ihn nicht stören."

Am Kopfende des Sarges stand eine sehr hohe weiße Kerze auf einem geschmiedeten Ständer. Sie leuchtete hoheitsvoll. „Du bist eine Osterkerze", flüsterte Stummelchen. „Du bist schön. Du erzählst den Menschen von der Auferstehung und dass sie nicht traurig zu sein brauchen über den Tod, weil das Leben stärker ist." Es war so still und friedevoll in der Kapelle, dass Stummelchen andächtig verweilte. Dann huschte es hinaus. So etwas Wunderbares werde ich nie, dachte es. Aber ich finde schon eine Aufgabe, die zu mir passt.

Zuversichtlich setzte das kleine Licht seine Wanderung fort. An einem hellen Morgen hörte es plötzlich ein tiefes, schönes Geläut. Stummelchen blieb stehen und verkündete fröhlich: „Ich weiß, heute ist Sonntag. Ich werde in die Kirche gehen." Gesagt, getan. Es ging den Klängen der Glocken nach und kam in ein altes, ehrwürdiges Gotteshaus. Die Tür des Hauptportals war bereits geöffnet, obwohl der Gottesdienst erst später begann. Leute waren auch noch nicht zu sehen.

Das kleine Licht trippelte die Stufen hinauf und kam in das große hohe Kirchenschiff. Vorn stand der Altar und – Stummelchen stöhnte vor Glück – darauf waren Kerzen zu sehen. Die Küsterin hatte sie gerade angezündet. „Hier werde ich meinen Platz finden", sagte es zufrieden. Es sprang auf den Altar und stellte sich dicht neben eine der Kerzen. Gleich darauf kam die Frau zurück und wollte nachsehen, ob alles in bester Ordnung sei. Da bemerkte sie das kleine dicke rote Licht auf dem festlichen Altar. Sie schaute verblüfft und rieb sich die Augen: „Seh ich recht?", rief sie. „Das kann nicht wahr sein!" – „Ich bin doch auch eine Kerze", sagte das kleine Licht vorsichtig. „Ich möchte nur ein bisschen leuchten." Stummelchen tat der Küsterin Leid. Sie überlegte einen Augenblick, doch dann meinte sie: „Es geht wirklich nicht. Ich werde Schelte bekommen. Noch nie hat ein kleines rotes Licht zu einem Gottesdienst auf dem Altar gebrannt. Bitte geh!" – „Ich will dir keine Schwierigkeiten machen", sagte Stummelchen traurig und verließ die Kirche.

Inzwischen war der Herbst gekommen. Die Blätter fielen von den Bäumen. Das kleine Licht fror. Was sollte es tun? Es kam wieder an ein Haus. Das stand in einem Garten. Seltsame bunte Kästen waren da zu sehen. Neugierig trat Stummelchen näher. „Hier wohnen Bienen", stellte es fest. „Die wissen, was sie zu tun haben, aber mich braucht keiner." Da flog eine Biene heran und rief: „Unser Herr ist der Imker, wir schenken ihm Honig und Wachs." – „Wachs?", fragte das kleine Licht. „Macht man nicht Kerzen aus Wachs?" – „O ja", summte die Biene. „Unser Herr macht Kerzen aus Bienenwachs. Wenn man sie anzündet, duften sie wunderbar." – „Was du nicht sagst", antwortete das kleine Licht. „Geh nur hinein", summte die Biene. „Der Imker sitzt abends in seinem Schaukelstuhl und zündet eine Kerze an." – „Ob er mich brauchen kann? Ich werde mich anstrengen, so sehr es geht, und ihm schön leuchten." – „Versuche es", summte die Biene.

Stummelchen betrat das Haus und kam in das warme, gemütliche Zimmer des Imkers. Er schaukelte sachte in seinem Stuhl und las die Zeitung. Das kleine Licht sprang auf das Tischchen und schnupperte. Wirklich! Da stand eine Kerze aus Bienenwachs und duftete: „Du riechst bezaubernd", flüsterte Stummelchen. „Ach, hätte ich nur ein wenig von dir!" Die gelbe Kerze lächelte. „Nur Bienenwachs bringt diesen Duft." Der Imker sah auf. Auch er schnupperte. „Was riecht hier so abscheulich?", fragte er. Als er das kleine Licht entdeckte, bekam er vor Zorn einen roten Kopf. „Was fällt dir ein, in mein Zimmer zu kommen, du unverschämte Kerze. Du stinkst. Scher dich weg!" Stummelchen war so verwirrt, dass es stolperte, als es die Flucht ergriff. Da floss rotes Wachs auf den hellen Teppich. Der Imker schrie vor Wut: „Warte, wenn ich dich kriege! Ich werfe dich in die Mülltonne. Da wird dich die Asche ersticken."

Dicke Tränen liefen ihm übers verschmierte Gesicht, als Stummelchen wieder auf die Straße kam. Lang irrte es umher. Die Tage wurden immer kürzer. Der kalte Wind pfiff um die Ecken der Häuser und Gassen. Jeder freute sich, wenn er einen warmen Ofen hatte. Das kleine Licht flackerte hin und her. Es zitterte. Wenn ich jetzt sterbe, dachte es, dann habe ich ganz umsonst gelebt. Es wurde kleiner und kleiner. Aber in ein Haus traute es sich nicht mehr hinein. Ich werde mich in einem Eingang verstecken, damit der Wind mich nicht auslöscht, sagte es zu sich selbst. Eine dunkle Ecke war ihm gerade recht.

Gut, dass ich noch ein wenig leuchten kann, sonst wäre es gar so dunkel. Bald ist alles aus. Da hörte das kleine Licht von oben ein trockenes Husten. Was ist das? Wieder hustete es. „Das klingt nicht gut", sagte Stummelchen besorgt. Es kam aus seiner Ecke und fing an, die dunkle, steile Treppe hinaufzuklettern. Es leuchtete sich selbst den Weg. Oben war eine Tür, sie war nur angelehnt. Es huschte hindurch. Da hustete es wieder, und das kleine Licht erkannte eine alte Frau, die in einem Sessel saß. „Was machst du da?", fragt es. „Nichts", sagte die Frau. „Warum schläfst du nicht, Großmutter?" – „Ich kann nicht, der Husten." – „Hm. Kann ich was für dich tun?" – „Auf dem Tisch steht ein Bild. Ich möchte es gern ansehen. Aber es ist zu dunkel. Man muss eine Kerze dahinter stellen, dann leuchtet es."

Stummelchen überlegte nicht lange. Es kletterte auf den Tisch und stellte sich hinter das Bild. „Was siehst du, Großmutter?", fragte es neugierig. „Ich sehe das allerschönste Licht, das es auf der ganzen Welt gibt." – „Das allerschönste Licht?" – „Ja, ja", bejahte die alte Frau. „Dieses Licht macht die dunkelsten Herzen hell und froh. Nun ist alles gut." – „Wie heißt dieses Licht?", fragte Stummelchen aufgeregt. „Es ist Jesus in der Krippe. Sieh nur, wie das Kind leuchtet!"

Es war still im Zimmer. Großmutter sah sehr zufrieden aus. Dann sagte sie: „Ich danke dir sehr, du kleines Licht. Du hast mir geholfen, dass ich Jesus sehen kann." Da strahlte Stummelchen mit all seiner Kraft und war so glücklich wie noch nie in seinem Leben. „Nun war es doch nicht umsonst." – „Was meinst du?", fragte die alte Frau. „Nun, mein Leben", flüsterte das kleine Licht.

Abdruck mit freundlicher Genehmigung der Autorin

Siegfried Heinzelmann
Eine leere Krippe

Es war am Tag nach Weihnachten. Der Pfarrer und der Kirchendiener standen aufgeregt und kopfschüttelnd vor der Krippe in ihrer Kirche. Dort hatten sie, wie jedes Jahr, liebevoll die Figuren der Weihnachtsgeschichte aufgebaut: In den Stall die Krippe getan, Maria und Josef dazugestellt, auch Ochs und Esel nicht vergessen. Die Hirten kamen mit ihren Schafen von den Hürden, und die Weisen aus dem Morgenland waren auch schon unterwegs. Hoch oben jubelte der Engelchor. Und das alles wurde überstrahlt vom großen Stern. Alt und Jung hatten in der Christnacht wieder davor geweilt, neugierig die einen, in stiller Andacht die andern. Aber nun war etwas Entsetzliches geschehen: Alles stand noch unversehrt und unberührt, bis auf die Krippe. Aus ihr aber war das Christuskind verschwunden – fort! Der Kirchendiener hatte es vorhin als Erster entdeckt und in seiner Bestürzung gleich den Pfarrer geholt. Nun standen beide fassungslos vor der leeren Krippe. Wer hatte sich nur am Heiligsten der Weihnacht vergangen? Was mochte das bedeuten? Diebstahl, Raub oder Kirchenschändung? Machte die Gemeinheit der Welt nicht einmal vor dem Christuskind Halt, wie ja auch König Herodes einst schon nach dem Neugeborenen getrachtet hatte?

Draußen, vor der Kirchentür, lehnte ein Roller, funkelnagelneu. Jeder sah ihn leuchten, und der Gedanke lag nah: ein Weihnachtsgeschenk. Einsam stand er da. Sein kleiner Besitzer, ein fünfjähriger Junge, war leise und ehrfürchtig in den dämmrigen Kirchenraum getreten. Er tat sehr wichtig und schaute rührend besorgt auf das, was er behutsam in den Händen trug. Langsam ging er an den großen, leeren Bankreihen nach vorn. Als sich seine Augen an das Dunkel gewöhnt hatten, schrak er zusammen. Dort vorn standen zwei schwarze Gestalten über die Weihnachtskrippe gebeugt. Er überlegte schnell, ob er nicht lieber das Weite suchen sollte. Er war sich zwar keiner Schuld bewusst, und doch, bei den Großen wusste man nie, woran man war. Dazu erkannte er sie jetzt: Es waren die zwei Respektspersonen der Kirche. Der eine war der Herr Pfarrer. Aber er sah jetzt ganz anders drein als neulich. Da hatte er ihnen so strahlend die Weihnachtsgeschichte erzählt, von dem kleinen Kind, das so gewesen war wie sie und doch gekommen war, die Welt von allem Bösen zu erlösen. Er war darüber fast selbst zum fröhlichen Kind geworden. Aber jetzt, wie blickte er sorgenvoll, ja misstrauisch und beinah zornig. Und der andere? Ja, das war der Kirchendiener. Den kannte er auch. Der konnte so streng sein und duldete kein Herumrennen in der Kirche und kein lautes Lachen. Der schien ihm so recht der Herr der Kirche zu sein, mit den vielen Schlüsseln und der Fähigkeit, die großen Glocken zu läuten. Und jetzt – jetzt hatten sie ihn beide entdeckt und stürzten im Nu auf ihn zu. Er hatte wohl flinke kleine Beine und so schnell kam ihm kein Großer nach. Aber es war zu spät zur Flucht. Sie waren da, hatten ihn gepackt und ihm entrissen, was er bisher in den Armen gehalten hatte: das verschwundene Christuskind aus der Krippe!

Unter Tränen und stockend versuchte er es ihnen begreiflich zu machen. Nur mühsam konnte er sich von jenem schnöden Verdacht befreien, dass er, gerade er, ein Dieb, ein gemeiner Räuber des Christuskindes gewesen sei, einer, der mit frevelnder Hand hineingegriffen habe in das Geheimnis der Weihnacht. Wenn diese Erwachsenen doch wüssten, dass alles anders, so ganz anders gewesen war. Und immer wieder von Schluchzen unterbrochen erzählte er ihnen seine Geschichte. Da er sich nicht getraute, sie dabei anzusehen, sah er auch nicht, wie sich ihre Gesichter bald erhellten und sie mit seligem Lächeln auf den kleinen Mann blickten.

Ja, so war es gewesen: Er hatte einen wunderbaren, erträumten Roller zu Weihnachten bekommen. Sein kleines Herz war schier zersprungen vor Freude. Die Mutter hatte ihn dann, wie Mütter einmal sind, sehr ernst ermahnt, nun besonders brav und dankbar zu sein, da ihm das Christkind ein solch schönes Geschenk gebracht habe. Brav sein, das war freilich so eine Sache. Gewiss, man nahm sich das vor, aber es war eben sehr schwer. Aber dankbar, das konnte man sein. Das wollte er auch so schnell wie möglich in die Tat umsetzen. So war er denn vorhin auf seinem neuen Roller zur Kirche geeilt und dann an die Krippe gegangen, um sich beim Christuskind zu bedanken.

Und da habe er es gefragt, ob es selbst einmal auf dem Roller fahren wolle, der doch von ihm sei. Man müsse immer brav teilen, hatte die Mutter gesagt. Und bei der Gelegenheit hätte er ihm auch gleich zeigen können, wie fein er's schon könne. Und weil es ihm zustimmend zu nicken schien, habe er es vorsichtig aus der Krippe gehoben und draußen mit auf den Roller genommen. Habe mit ihm drei Runden um die Kirche gedreht, damit es, wenn auch nur kurz, an seinem schönen Roller Anteil hätte. Und er sei auch überzeugt, dass es sich darüber sehr gefreut hätte. Das sei seine Dankbarkeit gewesen, die die Mutter und das Christuskind von ihm hätten erwarten dürfen.

Er war noch zu klein, der Junge, um zu wissen, dass einmal ein großer Mann, Paul Gerhardt, genauso kindlich fromm empfunden hatte, als er in seinem schönsten Weihnachtslied dichtete:

Ich steh an deiner Krippen hier, o Jesu, du mein Leben; ich komme, bring und schenke dir, was du mir hast gegeben.

Er war noch zu klein, der Junge, um ein anderes altes Weihnachtslied in seiner Tiefe zu verstehen:

In seine Lieb versenken will ich mich ganz hinab; mein Herz will ich ihm schenken und alles, was ich hab.

Aber sein kleines Herz hatte ihn getrieben, zu glauben und zu tun, was den so vernünftigen Erwachsenen immer so schwer fällt, und sei's auch nur für drei Runden. Längst hatten Pfarrer und Kirchendiener das Christuskind wieder in die Krippe zurückgelegt, wo es hingehörte. Und sie dachten dabei, während sie die Krippe aufs Neue richteten:

Auch dieses Jahr ist Er wieder Mensch geworden und diesmal sogar gleich Roller gefahren. Ob das nicht mit dem zu tun hat, was die Schrift sagt: „Das Wort ward Fleisch und wohnte unter uns."? Und während der Kleine, befreit und glücklich, dass alles doch noch so gut ausgegangen war, bereits wieder draußen fröhlich seine Runden drehte, schauten sich Pfarrer und Kirchendiener noch einmal an. „Wenn ihr nicht werdet wie die Kinder!", stand deutlich in ihren Mienen geschrieben. Und war es der Pfarrer oder war es der Kirchendiener, vielleicht waren es gar beide zusammen, die da vor sich hin summten:

Mein Herz will ich ihm schenken und alles, was ich hab, eia, eia, und alles, was ich hab.

Abdruck mit freundlicher Genehmigung

Reihe „Farbtupfer"

Monika Kuschmierz – Reiselust
Bibellesebund Verlag ● ISBN 3-87982-261-1 ● Best.-Nr. 5176
Hänssler Verlag ● ISBN 3-7751-3605-3 ● Best.-Nr. 393.605

Karin Ackermann-Stoletzky
Die wichtigsten Dinge bekommt man geschenkt
Bibellesebund Verlag ● ISBN 3-87982-262-X ● Best.-Nr. 5175
Hänssler Verlag ● ISBN 3-7751-4259-2 ● Best.-Nr. 394.259

André Wilkes – Komm ma bei mich bei!
Bibellesebund Verlag ● ISBN 3-87982-263-8 ● Best.-Nr. 5173
Hänssler Verlag ● ISBN 3-7751-4260-6 ● Best.-Nr. 394.260

André Wilkes – Allet klar!
Bibellesebund Verlag ● ISBN 3-87982-264-6 ● Best.-Nr. 5174
Hänssler Verlag ● ISBN 3-7751-4261-4 ● Best.-Nr. 394.261

Marita Imhof – Vom Rasenmähen
und anderen geistlichen Wahrheiten
Bibellesebund Verlag ● ISBN 3-87982-265-4 ● Best.-Nr. 5177
Hänssler Verlag ● ISBN 3-7751-4263-0 ● Best.-Nr. 394.263

Ralf Mühe – Wer zuerst lacht, hat verloren
Bibellesebund Verlag ● ISBN 3-87982-266-2 ● Best.-Nr. 5172
Hänssler Verlag ● ISBN 3-7751-4308-4 ● Best.-Nr. 394.308

Monika Büchel (Hrsg.)
Mit „Amen" schicken wir das Gebet los!
Bibellesebund Verlag ● ISBN 3-87982-267-0 ● Best.-Nr. 5171
Hänssler Verlag ● ISBN 3-7751-4328-9 ● Best.-Nr. 394.328

Monika Büchel (Hrsg.) – Große Freude
Bibellesebund Verlag ● ISBN 3-87982-268-9 ● Best.-Nr. 5178
Hänssler Verlag ● ISBN 3-7751-4329-7 ● Best.-Nr. 394.329

Monika Büchel (Hrsg.) – Die neue Krippenfigur
Bibellesebund Verlag ● ISBN 3-87982-269-7 ● Best.-Nr. 5179
Hänssler Verlag ● ISBN 3-7751-4462-5 ● Best.-Nr. 394.462

Monika Büchel (Hrsg.) – Beckers Bethlehem
Bibellesebund Verlag ● ISBN 3-87982-271-9 ● Best.-Nr. 5180
Hänssler Verlag ● ISBN 3-7751-4463-3 ● Best.-Nr. 394.463

Gottes Wort für Wort Tag für Tag neu entdecken und erleben – mit den Bibellese-Zeitschriften vom Bibellesebund

Guter Start
Der ideale Einstieg ins Bibellesen für Kinder ab 9 Jahren. Spannende Rätsel und ein buntes Clubmagazin helfen Kids, Gottes Wort vom Start weg auf der Spur zu bleiben.

pur
Bibellesen nach Plan und mit jeder Menge Spaß für Teens ab 13.

klartext
Für junge Leute, die gerne eigenständig in die Welt der Bibel eintauchen möchten. Mit klarem Ziel und in großer Freiheit.

atempause
Impulse und Meditationen für Frauen, die im täglichen Kontakt mit Gott neue Kraft schöpfen wollen.

Orientierung
Für Erwachsene. Die Bibellese-Zeitschrift mit Tiefgang bringt frischen Wind in die tägliche Stille Zeit. Auch als **Orientierung plus** – mit 32 Seiten voller Anregungen als Arbeitshilfe für Gruppengespräche – oder als **Orientierung** *im Großdruck*.

mittendrin
Die Bibellese-Zeitschrift für Einsteiger. Praktische Anregungen und Ermutigung für den Alltag. Mit Extra-Magazinteil. Auch als CD-ROM!

bibellesebund
Bibellesebund Deutschland ● Postfach 11 29 ● D-51703 Marienheide
Fon 0 22 64 / 40 43 4 - 0 ● www.mit-der-Bibel-leben.de